LE GRAVEUR
AUGUSTIN DE SAINT-AUBIN

ET LA

BIBLIOTHÈQUE DU ROI

PAR

HENRI MAÏSTRE

PARIS

LIBRAIRIE HENRI LECLERC

219, RUE SAINT-HONORÉ, 219

et 16, rue d'Alger.

—

1901

VENDOME

IMPRIMERIE F. EMPAYTAZ

LE GRAVEUR

AUGUSTIN DE SAINT-AUBIN

ET LA

BIBLIOTHÈQUE DU ROI

LE GRAVEUR

AUGUSTIN DE SAINT-AUBIN

ET LA

BIBLIOTHÈQUE DU ROI

PAR

HENRI MAÏSTRE

PARIS

LIBRAIRIE HENRI LECLERC

219, RUE SAINT-HONORÉ, 219

et 16, rue d'Alger.

1901

AUGUSTIN DE SAINT-AUBIN

ET LA

BIBLIOTHÈQUE DU ROI

En 1777, Augustin de Saint-Aubin avait quarante-et-un ans. Agréé à l'Académie depuis 1770, il était alors en pleine possession de son talent et de sa renommée. Le *Tableau des portraits à la mode*, la *Promenade des remparts de Paris* (1760), le *Concert* et le *Bal paré* (1764), *Mes gens ou les commissionnaires ultramontains au service de qui veut les payer* (1766-1770), les *Différens jeux des petits polissons de Paris* (1770) ; les portraits gravés d'après Denon, Greuze, Le Carpentier, surtout d'après C.-N. Cochin ; ses illustrations du *Décaméron* (1757), du *Voyage en Sibérie* de l'abbé Chappe d'Auteroche (1768), des traductions d'Ovide par l'abbé Banier (1767) et de Tacite par l'abbé de la Blèterie (1768), etc. (1), avaient rendu son nom célèbre. Enfin, il s'était fait déjà une spécialité de graveur de médailles, et, sans parler du *Recueil d'antiquités* du comte de Caylus (1752-1767), des *Annales de la Société des soi-disans Jésuites* (1764), il avait gravé, pour les *Recueils de médailles* de Pellerin, deux cent dix-huit planches et nombre de vignettes et

(1) Emm. Bocher, *Les Gravures françaises du XVIIIe siècle ou Catalogue raisonné des estampes, vignettes, eaux-fortes… ; 5e fasc. : Augustin de Saint-Aubin* (Paris, Morgand et Fatout, 1879, in-4º), *passim.*

de culs-de-lampe (1), — en tout, « plus de deux mille médailles », dit-il lui-même (2).

Ces derniers travaux le désignaient comme successeur de son ancien maître Etienne Fessard dans les fonctions de graveur de la Bibliothèque, lorsque celui-ci mourut, le 23 avril 1777 (3). Il est donc inexact de faire dater de cette époque seulement « l'origine de ces innombrables planches de médailles qui encombrent son œuvre » (4), et, si c'est là un « grand malheur » (5), on voit que Saint-Aubin n'avait pas attendu jusqu'alors pour donner aux médailles et aux pierres gravées un temps et une place qui nous ont sans doute dérobé des œuvres plus intéressantes.

Dans une lettre du 18 prairial an IV (6), Saint-Aubin écrit : « Il avoit été créé sous Louis XV une place de dessinateur et graveur de la Bibliothèque nationale. A la

(1) Voy. Bocher, op. cit., IVᵉ section, subdivision B (pp. 191 et suiv.) et, notamment, les nᵒˢ 673, 677 à 679, 686, 936, 952 à 976, 977 à 1149, 1150 à 1211, 1212 à 1231, 1232 à 1247 et 1248 à 1257.

(2) Placet du 5 décembre 1778, cité plus loin.

(3) J.-J. Guiffrey, *Scellés et inventaires d'artistes*, 3ᵉ partie (*Nouvelles archives de l'art français*, 2ᵉ série, t. VI, pp. 71-72). — Etienne Fessard occupait ces fonctions depuis 1755 (*Almanach royal*, 1755, p. 382). Il les avait obtenues grâce à la protection du comte de Caylus, raconte Cochin : « Tous les graveurs rirent de ce choix à cause de la médiocrité connue du personnage, et M. de Caylus lui-même n'étoit pas assés ignorant pour lui croire des talens et pour ne pas sentir que si par malheur il étoit besoin d'entretenir quelque planche usée du Cabinet du Roy, le pauvre Fessard ne pouvoit que les gâter d'avantage ; mais c'étoit son protégé qui avoit toujours été à ses ordres, il faloit qu'on aperçut son crédit. » *(Mémoires inédits de Ch.-N. Cochin*, publ. par Ch. Henry ; Paris, Baur, 1880, in-8ᵒ, p. 75).

(4) Baron de Portalis et Henri Beraldi, *Les Graveurs du XVIIIᵉ siècle* (Paris, Morgand et Fatout, 1880-1882, 3 vol. in-8ᵒ), t. III, p. 426.

(5) Ibid.

(6) Publiée par les Goncourt, *L'Art du XVIIIᵉ siècle*, éd. in-18 de 1882, t. II, p. 157, note 1.

mort du premier titulaire, en 1776 (1), le savant abbé Barthélemy, qui projetoit de publier une partie des médailles du cabinet (2), demanda le brevet, à son insçu » (à l'insu de Saint-Aubin, qui parle ici de lui-même à la 3e personne). L'abbé Barthélemy et Saint-Aubin étaient en relations depuis plusieurs années : l'artiste avait, en 1764, gravé plusieurs médailles pour les *Réflexions sur quelques monuments phéniciens* publiées par le numismate (3), et, en 1775, avait dessiné le portrait de ce savant (4). Mais l'abbé Barthélemy n'était pas seul à protéger Saint-Aubin, et le bibliothécaire du roi, Bignon (5), le proposait aussi au choix du ministre Amelot :

A Paris, le 3 may 1777.

Monsieur,

J'ay l'honneur de vous donner avis que le sr Fessard, qui étoit attaché à la Bibliothèque du Roy en qualité de graveur de Sa Majesté, vient de mourir et que cette place qui ne consiste qu'en honnorifique est à donner. Si vous voulès me permettre de vous désigner son successeur, je crois que vous ne

---

(1) Il faut lire *1777*, ainsi qu'il appert du procès-verbal d'apposition des scellés après décès de Fessard (publ. par J.-J. Guiffrey, op. cit.). — Regnault de Lalande commet donc une erreur lorsqu'il écrit dans sa *Notice sur Aug. de Saint-Aubin* en tête du catalogue de sa vente (Paris, 1808, in-8o, p. VII, ou, dans la réimpr. de Bocher, op. cit., p. 238) : « *Quelques années après* le décès d'Et. Fessard, il lui succéda..., en 1777. »

(2) L'abbé Barthélemy était garde du cabinet des médailles et antiques.

(3) Dans les *Mémoires de littérature tirés des registres de l'Académie royale des inscriptions et belles-lettres...*, t. XXX (Paris, imp. royale, 1764). Cf. Bocher, op. cit., no 673.

(4) Ce portrait ne fut gravé qu'en 1795 (Bocher, op. cit., no 8 ; cf. ibid., nos 9 à 12).

(5) Saint-Aubin dessina et grava son portrait en 1778 (Bocher, no 19).

pouvès faire un meilleur choix que le sr de Saint-Aubin dont le genre et la capacité sont universellement connus.

J'ay l'honneur...

BIGNON (1).

Le brevet nommant Saint-Aubin à la place de Fessard fut expédié au mois de juin 1777 (2). Mais le nouveau « graveur attaché à la Bibliothèque » (ainsi figure-t-il sur l'*Almanach royal* de 1777, p. 460) ne tarda pas à trouver sa fonction trop purement « honorifique » : sans traitement, sans logement qu'un atelier, il demanda une indemnité qui lui permit de se rapprocher de la Bibliothèque. Il demeurait alors, au moins depuis 1767 (3), « rue des Mathurins, au petit hôtel de Cluny », c'est-à-dire dans la partie de notre moderne rue du Sommerard, entre la rue Saint-Jacques et le boulevard Saint-Michel (4).

Par un brevet expédié au mois de juin 1777 au sr de Saint-Aubin, graveur de l'Académie royale de peinture et sculpture, il est dit que le Roi voulant traiter favorablement et récompenser le sr de Saint-Aubin pour les ouvrages de gravure

(1) Arch. nat., 0¹ 609⁹. — Je dois remercier M. Fernand Bournon d'avoir bien voulu me signaler quelques uns des documents reproduits ici.

(2) Et non en 1776, comme l'écrivent quelques-uns de ses biographes, qui ont mal interprété le passage de sa lettre cité plus haut. Mais que dire du *Dictionnaire général des artistes de l'école française*, par Bellier de la Chavignerie et L. Auvray, qui donne ce renseignement fantaisiste : Saint-Aubin, « graveur de la Bibliothèque nationale *en 1793* » !

(3) Le portrait de Languet de Gergy (d'après le buste de Caffieri), nous procure cette date. La même adresse nous est fournie par *Mes gens...* (1768), les portraits de Mondonville (1768) et de Crébillon (1770), *Le sabot* (1770), les portraits de Lulli (1770), de Piron et d'Helvetius (1773), de Gessner et de Voltaire (1775), d'Henri IV et de Franklin (1777), la reproduction du tombeau du général de Montgomery, d'après Caffieri (1777), et le portrait du duc de Chartres, d'après Le Peintre (1779).

(4) *Ville de Paris. Nomenclature des voies publiques et privées* (Paris, imp. Chaix, 1898, in-4⁰), p. 778.

qu'il a donnés au public et qui lui ont acquis une réputation méritée, etc., etc., Sa Majesté lui accorde le titre et la place de graveur de sa Bibliothèque pour qu'il jouisse des honneurs et avantages qui y sont attachés, etc., etc. (*sic*). Mais comme cette place n'est pas fort ancienne, il n'y a encore ni émolumens, ni pension, ni même de logement qui soient attachés à cet emploi; on jouit cependant d'un emplacement qui ne peut servir que d'atelier et dont on ne peut pas faire un logement puisqu'il est situé dans le bâtiment même de la bibliothèque du Roi où l'on ne peut pas construire de cheminées. Le s^r de Saint-Aubin loge à l'autre extrémité de la ville et ne peut profiter de cet atelier sans s'exposer à perdre beaucoup de tems pour s'y transporter chaque jour. Il faudroit donc qu'il put y avoir un logement ; mais comme ils sont assès rares et tous occupés par les personnes employées au service même de la Bibliothèque, il n'y auroit pas d'autre moyen pour que ledit s^r de Saint-Aubin puisse profiter de l'emplacement qui lui est accordé que de prendre un logement dans ce quartier là. Mais les logements y sont excessivement chers, proportionnellement à celui qu'il occupe actuellement dans un quartier tranquille où il est logé lui et sa famille commodément mais sans superflus pour 600 francs. Un pareil local dans les rues voisines de la Bibliothèque du Roi lui coûtera au moins le double. Or, comme l'intention de Sa Majesté en accordant des grâces à ses sujets n'est pas qu'elles leur deviennent onéreuses, ledit s^r de Saint-Aubin demande qu'il lui soit accordé une somme de 600 livres par an qui l'indemnise du surplus qu'il a réellement à débourser pour prendre un appartement à la proximité de la Bibliothèque du Roi en attendant qu'il s'y trouve un logement vacant qui puisse lui être accordé. Cela le mettra à même de profiter de son atelier, ce qui ne peut que lui être très avantageux puisqu'il pourra y faire des travaux plus considérables et exécuter avec exactitude le projet qu'avoit commencé son prédécesseur de graver les tableaux de Sa Majesté pour augmenter la superbe collection de planches gravées par les anciens maitres et qui sont déposés à sa Bibliothèque (1).

(1) Arch. nat., O¹ 609⁹.

Cette requête n'eut pas le moindre succès ; elle est ainsi apostillée : « *6 août 1778. Rien à faire.* »

Saint-Aubin ne se découragea pas. Moins de six mois après, il rédige un nouveau placet, presque dans les mêmes termes, et, pour arriver à décider Amelot, lui représente qu'il est loin de considérer sa place de graveur comme une sinécure :

..... Cette place, d'ailleurs, qui jusqu'à ce moment n'a eu aucune fonction, va devenir d'une utilité réelle par le projet de publier les médailles du Cabinet du Roi ; et elle n'a même été demandée pour le sieur de Saint-Aubin que dans l'intention de le mettre plus à portée de pouvoir, un jour, dessiner sur les lieux et graver ces médailles, qui ne sortent jamais du Cabinet de S. M., son talent à cet égard étant connu par plus de deux mille médailles qu'il a déjà dessinées et gravées pour différens ouvrages.

Il vous supplie donc, Monseigneur, d'attacher à cette place quelques émolumens tels qu'il en existe à d'autres places du même genre, entre autres à celle de graveur des Menus Plaisirs du Roi, qui a 1.200 livres, et à celle de graveur du Cabinet du Roi, qui a 600 livres (1). Par cette grâce, Monseigneur, vous mettrés le sieur de Saint-Aubin à même de profiter de l'atelier attaché à son titre, et de faire de nouveaux ouvrages qui lui assurent de plus en plus une réputation qu'il a toujours cherché à mériter, préférablement à toute idée de fortune, raison qui le force encore plus aujourd'huy à solliciter de vos bontés, Monseigneur, d'être favorable à sa demande (2).

Le secrétaire d'Etat ne se laissa pas convaincre ; peut-être lui importait-il peu que l'on gravât, ou non, les pièces du Cabinet des médailles : car il annota le

---

(1) Le graveur des Menus Plaisirs était alors, depuis 1770, Moreau le Jeune ; il reçut également le titre de graveur du Cabinet du Roi en 1778. *(Notice historique sur J.-M. Moreau*, par sa fille, publ. dans les *Archives de l'art français*, t. I, p. 184 ; et *Journal de Papillon de la Ferté*, éd. Ch. Boysse, Paris, Ollendorff, 1887, in-8°, p. 415).

(2) Arch. nat., O¹ 609⁰.

placet de Saint-Aubin en ces termes peu favorables :
« *5 décembre 1778 : refusé ; écrit en conséquence à M. Bignon* », qui devait avoir encore recommandé l'artiste.

N'ayant ainsi pu obtenir d'indemnité pour déménager et se rapprocher de la Bibliothèque, Saint-Aubin pensa qu'il serait plus heureux en mettant le ministre en face d'un fait accompli. Il quitta donc la rue des Mathurins-Saint-Jacques, et n'eut rien de plus pressé que d'écrire à Amelot :

..... Le sieur de Saint-Aubin demeuroit depuis vingt ans dans un quartier fort éloigné de la bibliothèque du Roy, et pour s'en rapprocher il falloit qu'il se déplaçât et qu'il s'exposât à des frais considérables de déménagement, sans compter la chèreté exorbitante des loyers dans le quartier de Richelieu. Malgré tous ces inconvéniens et pour répondre à l'honneur que vous avez eu, Monseigneur, la bonté de lui faire en le nommant à cette place, il s'est déterminé à faire tous ces sacrifices qui luy ont occasionné une dépense de plus de 100 louis ; il vient de prendre à la proximité de cet atelier un logement qui lui coûte 400 livres de plus par an. Le sr de Saint-Aubin, jusqu'à présent moins occupé de sa fortune que de mériter les suffrages qu'on daigne accorder aujourd'huy à ses talents, ne peut dissimuler que ce déplacement le gêne infiniment, et dans cette circonstance il croit, Monseigneur, devoir réclamer l'effet de vos bontés ; il ne demande point à profiter de votre bienfaisance pour augmenter son revenu, il ne désireroit que d'être rempli des dépenses qu'il a faites et auxquelles il sera désormais annuellement forcé pour s'être rapproché de la bibliothèque du Roy, si, comme vous avez eu, Monseigneur, la bonté de le lui expliquer, il n'est pas possible, dans les circonstances actuelles, de rien attacher à la place ; le moindre bienfait, soit pension, soit logement accordé à l'homme, remplira ses vües et le mettra à même de continuer des travaux dans lesquels il aura toujours pour but la perfection de l'art et de mériter de plus en plus sa réputation et la distinction dont on l'honore.

Il fonde ses espérances, Monseigneur, sur votre extrême

bonté, sur votre amour pour les arts, et sur la bienveillante amitié dont vous voulez bien l'honorer (1).

Mais le ministre, cette fois encore, trouva qu'il n'y avait *rien à faire*. Sa décision est datée du 12 décembre 1779.

Les estampes d'Augustin de Saint-Aubin nous apprennent quel était son nouveau logis : les portraits de Washington (1779) (2), d'Amelot lui-même (3) et de La Motte-Piquet (1781) portent l'adresse : « Rue Thérèse, butte Saint-Roch. » Un nouveau placet, adressé en 1783 au ministre (qui répondit par un nouveau refus), nous montre que Saint-Aubin avait, rue Thérèse, un loyer de plus de mille livres :

Depuis l'année 1777 que le sieur de Saint-Aubin a été nommé à la place de graveur de la bibliothèque du Roi, il n'a cessé de faire des dépenses uniquement pour répondre à l'honneur qui lui étoit fait et pour pouvoir occuper un atelier, seul avantage qui soit jusqu'à présent attaché à cette place. Le déplacement que cela lui a occasionné l'a forcé à une dépense de plus de six mille livres... Il désiroit depuis longtemps être inscrit sur l'Etat de la Bibliothèque du Roi afin de pouvoir espérer à la Paix qu'il lui seroit accordé une somme quelconque pour son logement, ne dut-elle suffire que pour payer moitié de ce qu'il lui en coûte réellement pour se loger à la proximité de la bibliothèque du Roi, ce qui est un objet de plus de mille livres. Il vous supplie, Monseigneur, de vouloir bien lui être favorable dans ce moment cy ; il espère d'autant plus que cette grâce lui sera accordée, qu'il ne demande réellement qu'un dédomagement

(1) Arch. nat., O¹ 609⁹.

(2) Bocher, op. cit., n° 271, donne la date 1776. C'est une erreur. Non seulement le *Mercure de France* n'annonce cette gravure qu'en 1779 (loc. cit. par Bocher), mais l'adresse du graveur, « actuellement rue Thérèse, Bute St-Roch » *(sic)*, montre bien que ce portrait a été gravé, ou, si l'on veut, publié, en 1779.

(3) Il y a, de ce portrait, neuf états (Bocher, op. cit., n° 3). C'est du neuvième seulement qu'il est ici question.

des déboursés qu'il a faits et de ceux qu'il est encore obligé
de faire journellement relativement à cet objet, mais il fonde
surtout ses espérances, Monseigneur, sur les bontés et la
bienveillance dont vous avez bien voulu l'honorer jusqu'à
présent (1).

Son logement de la rue Thérèse était-il réellement trop
onéreux ? Ou bien, plus simplement, notre graveur
désirait-il se rapprocher de son frère Charles-Germain,
qui demeurait alors au nᵒ 29 de la rue des Prouvaires (2) ? Toujours est-il que, peu après le rejet de ce
dernier placet, nous voyons Saint-Aubin déménager à
nouveau, et, sans s'éloigner trop de la Bibliothèque,
quitter du moins ses abords immédiats pour cette même
rue des Prouvaires, — où le hasard voulait que les trois
Saint-Aubin vinssent mourir, Gabriel en 1780, Charles-
Germain en 1786, Augustin en 1807. Le portrait de Necker,
d'après Duplessis (1784), se trouve « chez l'auteur, rue des
Prouvaires, la porte cochère vis-à-vis le magasin de Mont-
pellier. » D'autres gravures (3) précisent le numéro de la
maison de Saint-Aubin (c'était le numéro 54), mais ne
suffisent pas à fixer son emplacement, car ce numéro
changea, par la suite, plusieurs fois. Dans une lettre du
12 vendémiaire an XII (4), Saint-Aubin donne pour
adresse : « rue des Prouvaires, nᵒ 519. » Son testament,
daté du 1ᵉʳ mars 1807, est écrit « en son domicile, rue
des Prouvaires, nᵒ 31 », et de même, celui de sa femme,
daté du 27 août 1809 (5). Enfin, le catalogue de Regnault

(1) Arch. nat., O¹ 609⁹.
(2) J.-J. Guiffrey, op. cit., pp. 106 et 183.
(3) Les portraits de Larive (1785), Fr.-R. Molé (1786), Lekain (1788),
Louis XVI (1791) et la charmante gravure intitulée *Au moins soyez
discret* (1789) où la tradition veut reconnaître le portrait de la femme
de Saint-Aubin.
(4) Lettre publiée par le baron Portalis, *Les Dessinateurs d'illustrations au XVIIIᵉ siècle* (Paris, Morgand et Fatout, 1877, in-8ᵒ), t. II,
p. 580.
(5) L'un et l'autre ont été publiés par V. Advielle, *Renseignements*

de Lalande annonce que la vente du cabinet de Saint-Aubin se fera « rue des Prouvaires, n° 19 » ; — il est vrai que l'exemplaire de ce catalogue conservé à la Bibliothèque nationale (1) porte, au-dessus du chiffre 19, celui de 31 écrit au crayon. Quoi qu'il en soit, les amateurs d'inscriptions parisiennes devront faire leur deuil de celle-ci : car la rue des Prouvaires n'a plus aujourd'hui que dix maisons, numérotées de 1 à 9 et de 2 à 10. Celle où mourut Saint-Aubin a certainement disparu lors de la création des Halles actuelles (2).

*
* *

Lorsque, dans une lettre sans date, mais qui fut écrite après 1789, — lettre qu'ont publiée les Goncourt (3), — Saint-Aubin, parlant de sa place de graveur de la Bibliothèque, se plaint qu'elle ne lui « ait jamais rapporté un écu », il n'exagère, en somme, que bien peu. En réalité, lui et Cochin reçurent 1.200 livres pour un travail que, d'ailleurs, la mort de Cochin (1790) interrompit bientôt. Il s'agissait de graver les peintures de Romanelli qui, de nos jours encore, ornent le plafond de la galerie Mazarine, à la Bibliothèque nationale.

« Le plafond de cette galerie, dit Leprince dans son *Essai historique sur la Bibliothèque du Roi* (4), est de la plus grande beauté ; il fut peint à fresque l'an 1651 par Romanelli, qui y a représenté divers sujets de la Fable, avec un goût de dessin exquis et une vigueur peu commune. Au-dessus de la porte se voyent Apollon et Daphné, puis Vénus dans son char ; le Parnasse ; le

---

intimes sur les Saint-Aubin, p. 28 (Paris, Soulié, 1896, in-8° ; extr. du t. XX de la *Réunion des Sociétés des beaux-arts des départements*).

(1) Sous la cote 8° V 8201 (326).

(2) La rue des Prouvaires s'arrête aujourd'hui rue Berger. Au XVIII° siècle et jusque vers 1850, elle aboutissait à l'église Saint-Eustache.

(3) Op. cit., pp. 154 à 157.

(4) Paris, 1782, in-12, p. 152.

Jugement de Pâris vis-à-vis ; Vénus éveillée (1) par l'Amour ; Narcisse de l'autre côté ; au milieu, Jupiter qui foudroie les géans ; l'embrasement de Troie ; l'enlèvement d'Hélène en face ; celui de Ganymède ; Remus et Romulus alaités par une Louve, et deux autres petits morceaux. Ces sujets sont distribués dans différens compartimens très bien entendus, mêlés de médaillons ornés de camaïeux et soutenus par des figures et des ornemens feints de stuc... »

Tels étaient les sujets que Cochin et Saint-Aubin se proposaient de graver,

Le 17 août 1786, Lenoir, qui avait remplacé Bignon dans la place de garde de la Bibliothèque, écrivait au baron de Breteuil (2) :

17 août 1786.

Monsieur,

Vous avès bien voulu aprouver le projet par lequel M. de Saint-Aubin, graveur de la Bibliothèque du Roy, aidé de M. Cochin dont il est l'élève, se propose de graver différens sujets de peinture, faits par Romanelly, et qui ornent le plafond de la belle galerie Mazarine, laquelle renferme une grande partie des manuscrits du Roy. Cette galerie se trouve maintenant dégagée des objets qui l'obstruoient, au moyen de la remise, faite au département, d'une pièce qui la termine. Je vous prie, Monsieur, de vouloir bien autoriser l'exécution d'un travail que veulent entreprendre ces deux artistes habiles, plus par honneur que par interest, et de trouver bon que je leur fasse avancer sur les fonds de la Bibliothèque une somme de 1.200 livres qui sera portée dans les états que j'aurai l'honneur de vous présenter avant la fin de l'année...

LENOIR (3).

---

(1) « Les figures représentées dans le Parnasse et le Jugement de Pâris ont été peintes d'après les Femmes de la Cour, qui se plaisoient à se faire peindre ainsi. » (Note de Leprince).

(2) Le baron de Breteuil avait, en 1783, succédé à Amelot comme ministre de la maison du Roi.

(3) Arch. nat., O^1 609⁹.

Une autre lettre de Lenoir au baron de Breteuil donne, sur cet intéressant projet de gravure, des détails plus étendus :

Ce   [*sic*] novembre 1786.

Monsieur,

Par la lettre en date du 20 aoust dernier, dont vous m'avès honoré, vous m'avès autorisé à faire l'avance de 1.200 livres aux srs Cochin et de Saint-Aubin, graveurs, qui ont entrepris de graver les peintures du salon de la galerie Mazarine, par Romanelli. Vous avès désiré sçavoir si cette entreprise sera pour le compte de ces artistes, et si le Roy n'aura pas d'autres frais à faire.

J'ai eu l'honneur de vous rendre compte, à Fontainebleau, que le sr de Saint-Aubin etoit attaché en qualité de graveur à la Bibliothèque, et avoit succédé à ce titre à M. Cochin (1), dont il est l'élève ; que ces deux graveurs n'entreprendroient pas pour leur compte un ouvrage ayant un raport direct à une propriété de Sa Majesté, d'autant plus que l'un et l'autre jouissent du titre honorable de graveur du Roy, mais qu'il etoit de justice de leur rembourser les dépenses qu'entraîne nécessairement une entreprise de ce genre.

Le plafond de la galerie est d'une vaste étendue, il présente des tableaux multipliés, dont il sera formé autant de pièces et desseins. L'entreprise est considérable, elle occupera ces deux artistes pendant plusieurs années. Le sr Cochin est déjà avancé en âge ; il n'aura peut-être pas la satisfaction de la voir complètement achevée, et c'est pourquoi il convenoit de luy associer dans la personne du sr de Saint-Aubin un artiste dont il fait cas, et qui a été son élève.

La totalité de ces dépenses pourra s'élever de dix à douze mille livres, ce qui, réparti en plusieurs années, ne produira qu'une somme partielle et peu conséquente. Mais les planches, les épreuves et gravures de cette magnifique galerie deviendront une propriété mobiliaire dont Sa Majesté disposera, si elle le juge à propos, comme des autres collections précieuses qui sont déposées à sa Bibliothèque.

Je suis avec respect...

LENOIR (2).

(1) Ceci est manifestement une erreur.
(2) Arch. nat., O¹ 609ᵃ.

L'« Etat des paiements et dépenses » de la Bibliothèque pour l'année 1786 mentionne le paiement des 1.200 livres demandées par Lenoir. De même, celui de 1788 (celui de 1787 manque). Mais ceux de 1789, de 1790 et de 1791 sont muets sur ce point (1). Cochin mourut en 1790, et Saint-Aubin ne continua pas l'œuvre commencée. La gravure de la galerie Mazarine demeura inachevée, et ce qui en avait été fait passa à la vente de Saint-Aubin.

Le catalogue de Regnault de Lalande, en effet, mentionne, sous le n° 22 : « Neuf sujets historiques, d'après les tableaux peints, par Romanelle (*sic*), dans le plafond de la galerie Mazarine, dessins à la pierre noire. » Ils trouvèrent acquéreur à trente-neuf francs. (2)

Quelles raisons empêchèrent Saint-Aubin de poursuivre ce travail ? Nous ne pouvons que les conjecturer. La principale fut sans doute que cet atelier même, qui était le seul avantage attaché à sa fonction et pour lequel nous l'avons vu dépenser plus de six mille livres, lui fut bientôt retiré.

« Citoyen ministre, écrivait-il alors (3), en 1777 j'ai été nommé à la place de dessinateur et graveur de la Bibliothèque actuellement nationale. Cette place est purement honorifique, il n'y a jamais été attaché ni émolument ni aucun avantage pécuniaire, si ce n'est un emplacement servant d'atelier, mais si malsain qu'on n'a pu le rendre habitable qu'à force de dépense, et en effet cela m'a coûté beaucoup d'argent en différens tems, sans que la place m'ait jamais rapporté un écu. Aujourd'hui on me retire cet emplacement, dont on a besoin, dit-on, pour les nouveaux arrangements à faire pour le service de la Bibliothèque, et certes sur cela il n'y a aucune objection

----

(1) Arch. nat., O¹ 609⁹.
(2) Réimpr. du catalogue de Regnault par Bocher, op. cit., p. 243.
(3) Lettre s. d. publiée par les Goncourt, op. cit., pp. 154 à 157.

à faire, puisque le service public doit passer avant tout ;
mais je me trouverois dans un embarras extrême s'il
falloit rendre ce lieu sans en avoir un autre où je puisse
déposer tout ce qui s'y est accumulé dans un aussi long
espace de tems... » Il demandait qu'on mit à sa disposi-
tion un atelier au Louvre. Puis il ajoutait : « A l'instant
où j'achève ce mémoire, je reçois un ordre du Conser-
vatoire de la Bibliothèque nationale, qui m'enjoint de
rendre de suite l'emplacement que j'occupe depuis qua-
rante ans et que l'habitude me fait ne quitter qu'avec
une peine infinie, quoiqu'il ne m'ait été d'aucun avantage... »

Pas plus que les autres, qu'il avait naguère adressées
aux ministres du régime disparu, cette requête ne fut
accueillie. Mais son titre de graveur de la Bibliothèque
lui fut conservé jusqu'en 1806, année où, pour la der-
nière fois, il figure à l'*Almanach impérial* (1). Il mourut
le 9 novembre 1807, aigri par la maladie, la misère et
l'injuste oubli où s'était consumé son talent.

(1) P. 731.

VENDOME

IMPRIMERIE F. EMPAYTAZ